# EL HOSPITAL DE LA MODA

## Ramón de la Cruz

*PERSONAJES*

UN HIDALGO RICO.
UN VEJETE.
EL DESENGAÑO.
UN POETA.
EL CRÍTICO.
UN SASTRE.
LA CRÍTICA.
UN MAJO CALESERO.
EL PETIMETRE.
LA MESONERA.
LA PETIMETRA.
UN PELUQUERO.
LA DENGOSA.
UNA MODISTA.
LA PRESUMIDA.
MINISTROS DE RONDA.
UN BARBERO.
PRACTICANTE.

**Sale el** HIDALGO RICO, **de capa y grana, con los** MINISTROS DE RONDA, **y el ministro 1º, con linterna.**

| | |
|---|---|
| MINISTRO 1.º | Hombre, ¿dónde nos llevas de este modo? |
| MINISTRO 2.º | ¿Se ha de andar esta noche el lugar todo? |
| HIDALGO | Anden aunque el cansancio les dé pena |
| | porque vamos a hacer una obra buena. |
| MINISTRO 1.º | Para qué es esta ronda no contemplo. |
| HIDALGO | Hijos, a promover el buen ejemplo, |
| | y ved que puede ser que el que lo impida |
| | responda de ello a Dios en la otra vida. |
| MINISTRO 2.º | Si en caridad te fundas, yo te alabo. |
| | Pero ¿en qué te detienes? |
| HIDALGO | Falta el cabo principal. |
| TODOS | ¿Y quién es? Le buscaremos. |
| HIDALGO | Un médico famoso. |
| MINISTRO 1.º | ¿Eso tenemos? |
| | Pues si un doctor es cabo, de esta suerte |
| | nuestra ronda será la de la muerte. |
| MINISTRO 2.º | Aquí ha de vivir uno de gran ciencia. |
| MINISTRO 1.º | Todos la tienen, pero la experiencia |
| | dice, según nos tratan y se tratan, |
| | que todos viven porque todos matan. |
| HIDALGO | Llamad, que puede ser para mí bueno |
| | ignorando aforismos de Galeno; |

y, aunque sea más latino, yo me allano

a recibirle si es buen castellano.

**(Habrá dos bastidores de calle y en uno una ventana).**

MINISTRO 1.º Pues si es así, llamemos.

TODOS ¡Ah de casa!

**Sale el** DESENGAÑO **con un candil a la ventana.**

DESENGAÑO ¿Quién es? Llamen con tasa;

que, aunque me busquen tan alborotados,

como no soy doctor de los llamados,

sé que a mi puerta todo el golpe yerran.

MINISTRO 2.º A éstos no hay que decir a dónde entierran,

aunque echen plantas, porque ya se sabe.

HIDALGO Abra usted, seó doctor.

DESENGAÑO No tengo llave.

HIDALGO Pero ¿es médico usted?

DESENGAÑO En eso han dado,

aunque conmigo nadie se ha curado,

porque médico soy de las costumbres

y, como éstas no causan pesadumbres,

pues todos creen buenas las que tienen,

es rara vez la que a buscarme vienen.

HIDALGO ¿Qué males cura?

DESENGAÑO Cierta apoplejía,

males de moda, petimetrería,

|  | lo histérico y lo crítico importuno. |
| HIDALGO | Y cuando se ha curado de eso alguno, |
|  | ¿se ve el efecto tarde o muy aprisa? |
| DESENGAÑO | El hablar desde el coro y en camisa |
|  | sólo es oficio para sacristanes. |
|  | Esperen a la puerta los galanes, |
|  | que bajaré vestido, |
|  | y si quieren hablar les daré oído. **(Éntrase).** |
| HIDALGO | Si ciertamente cura lo que ha dicho, |
|  | se logrará felice mi capricho. |
| MINISTRO 2.º | Perdido vas si das con el abuso, |
|  | que le ampara todo el poder del uso. |
| HIDALGO | Menos sus armas temo que a una rueca, |
|  | pues la razón del *huso* es razón hueca. |
| MINISTRO 2.º | El uso en la cabeza tiene el peso. |
| HIDALGO | Es cabeza maciza y no de seso. |
|  | Es cabeza al revés, que la maneja |
|  | una mujer y, al ver que no se queja, |
|  | tal vez es admitido con desprecio. |
|  | Es el uso un infame y es un necio. |
| MINISTRO 1.º | Â¡Buena la has hecho! Todas toman pique |
|  | y no habrá alguna que ya a hilar se aplique. |
| HIDALGO | Antes hablo por ver en los estrados |
|  | de las damas, ahora, otros hilados. |
|  | Y apenas una habrá que no aperciba |
|  | a hilar bien sus asuntos la saliva; |
|  | aunque, según el lino les da tedio, |
|  | la calle de las Postas sin remedio |
|  | se cerrará: conque veréis qué risa |

cuando todos andemos sin camisa.

**Sale al bastidor el** DESENGAÑO, **con bigotes, pera y vestido
a la española antigua rigurosamente.**

DESENGAÑO         Buenas noches tengáis, señores míos.
HIDALGO           Ya conozco por vuestros atavíos
                  que sois el que yo busco.
DESENGAÑO              ¿Con qué intento?
HIDALGO           Brevecito seré, vaya de cuento:
                  El mundo está perdido.
DESENGAÑO                         Tal ganado
                  es del que su desierto se ha poblado.
HIDALGO           Hay mucho malo.
DESENGAÑO                         Pero bueno poco.
HIDALGO           Hay poco juicio.
DESENGAÑO                          Pero mucho loco.
HIDALGO           Quiérole corregir.
DESENGAÑO         ¡Gran pensamiento!
                  ¿Cuántas    libras    tenéis    de
                  entendimiento?
HIDALGO           Atended, que por mí no lo imagino;
                  pero quiero seguir este camino,
                  aunque tan cortas son mis facultades,
                  y no cebarme en las superfluidades.
DESENGAÑO         ¿Y qué medio pensáis a tanto asunto?
HIDALGO           Vaya de idea; no perdáis un punto:
                  yo soy un hombre muy malo,
                  pero un español tan bueno,
                  que me lleva la pasión
                  cuando por la calle encuentro,
                  cuando miro en los teatros,
                  cuando en las mesas observo,
                  cuando escucho en las tertulias

y cuando en los libros leo,
sin remedio a su dolencia,
tanto pobrecito enfermo
apestado de la moda.
Anhelando su remedio,
he fundado un hospital
donde curar de secreto
sus achaques, y esta ronda
para que allí los llevemos,
libres los arrepentidos
y forzados a los necios...
Y como el médico...

DESENGAÑO                            Ya
estoy en todo el intento
y conmigo esperar pueden
felicidad tus deseos,
cuando por médico llevas
en mí el desengaño mesmo.

MINISTRO 1.º          Si usted es el desengaño,
¿por qué no ha salido en cueros?

DESENGAÑO          Porque es mi severidad
para más sublimes puestos
que para éste. Los cristianos
y políticos preceptos
me han enseñado que basta
ser un desengaño medio,
que si allá instruyo llorando
aquí he de instruir riyendo.

MINISTRO 1.º          Pues usted mude de tono,
porque me está dando miedo
y no risa el ver delante
una fantasma y que creo
es alma en pena de alguna
figura de cuadro viejo.

DESENGAÑO    Pues ahora verás fantasmas
             que merecen más extremos
             de compasión y de espanto
             que la de tu fingimiento.
HIDALGO      Vaya, vamos a la obra
             y las esquinas tomemos,
             de modo que nadie escape
             de nuestras manos.
TODOS            ¡A ellos!
DESENGAÑO    Gente se acerca.
HIDALGO          Pues cuenta
             afianzarlos, en tosiendo
             yo, y, aunque más se resistan,
             al hospital sin remedio.

**Salen la** CRÍTICA **y el** CRÍTICO **muy petimetres**.

CRÍTICO      *Y bien, madama,* esta noche
             Â¿cómo sale usted del juego?
CRITICA      *He venido a perder nueve
             pesetas,* que *hice de resto;
             bien que me es indiferente.*
CRÍTICO      Pues tuvo usted con don Pedro
             una mano *remarcable.*
CRÍTICA      *Interesante* era, pero,
             *veritablemente,* a mí
             *no me hace placer* que estemos
             jugando dos o tres horas
             y el cacho es juego molesto
             *y anviante,* además que
             *mal a propósito* pienso
             es gastar todas las noches
             en quitarnos el dinero.
CRÍTICO      Ésas son *plesanterías*

                    de madama, que el objeto
                    primero es el de la tertulia
                    y, con el permiso vuestro,
                    yo lo haré *venir en juicio.*
CRÍTICA             Sí, es menester que pensemos
                    en más útil *proyección*
                    que *meprisable* el intento
                    de que el juego se establezca.
CRÍTICO             Yo salir *garante* quiero
                    de esta *interpresa.* Señora,
                    este modo de bracero
                    es antiguo.
CRÍTICA                          Vaya a la
                    francesa, que es más moderno,
                    *ya que me hacéis el honor.*
HIDALGO             La lengua les cogió a éstos
                    la moda, pues sólo hablan
                    galicismos. **(Tose).**
LOS MINISTROS                    Ya
                    entendemos. **(Agárranlos).**
CRÍTICO Y CRÍTICA   ¡Ah, ladrones!
HIDALGO                          No lo somos;
                    que antes llevarlos queremos
                    adonde les restituyan
                    el juicio que no tuvieron,
LOS DOS             ¿Habrá mayor desvergüenza?
DESENGAÑO           Ah, señorita! Â¿Qué es eso?
CRÍTICA             Éste es el *cabriolé* y bien
                    *a la degasé* va puesto.
DESENGAÑO           ¿Cabriolé dijo? Éste es mal
                    contagioso. Caballero,
                    va atravesada esa espada.
CRÍTICO             Vos no debéis de entenderlo.
                    A la *dernier parisién.*

| HIDALGO | ¿Qué os parece? Â¿Están enfermos? |
|---|---|
| DESENGAÑO | Y aun desahuciados. |
| HIDALGO | Pues vayan<br>dos al hospital con ellos. |
| LOS DOS | ¿Al hospital? |
| HIDALGO | Sí, señores. |
| LOS DOS | ¿A qué? |
| TODOS | Luego lo veremos. **(Llévanlos los dos y vuelven)** |

**Sale el** BARBERO, **con la guitarra, cantando unas seguidillas y, en acabando, llega el** DESENGAÑO.

| DESENGAÑO | Dios guarde a usted, señor mío.<br>Â¿Qué oficio tiene? |
|---|---|
| BARBERO | Barbero,<br>y no de chapucería,<br>que a los amigos afeito<br>con jabón de Montpeller<br>y en un rico estuche llevo<br>de París navaja y peines. |
| HIDALGO | Pues con un jabón que os demos<br>se os sacará en un instante<br>esotro jabón del cuerpo. |
| DESENGAÑO | Y para las seguidillas<br>también se os dará un remedio. |
| HIDALGO | Â¡A él! |
| BARBERO | Â¿Dónde me lleváis? |
| ELLOS | Venga, que no vamos lejos. **(Llévanle).** |
| HIDALGO | Ahí va otro par de figuras. |
| DESENGAÑO | Pues observar y callemos. |

**Salen el** VEJETE, **de golilla, embozado, con un farolito, y el** POETA, **de hábitos.**

| | |
|---|---|
| VEJETE | Con haber faltado vos, |
| | el partido se ha deshecho |
| | y yo no me he divertido, |
| | porque no gusto de juegos |
| | tirados, a que se aplican |
| | las mesas de los mozuelos. |
| POETA | Yo esta noche acudí tarde |
| | porque hice formal empeño |
| | en acabar esta pieza |
| | para el teatro. |
| VEJETE |     ¿Y qué es eso |
| | de pieza? |
| POETA |     Una *producción*. |
| VEJETE | Ahora lo entiendo menos. |
| POETA | *Pequeña pieza* se dice |
| | un sainete, que los legos |
| | llaman en vulgar, y *grande* |
| | una comedia; y pretendo |
| | imprimirla en papelón |
| | de marca, con gran despejo |
| | la fachada, pasta y forro; |
| | todos los planos externos |
| | dorados y sus cintitas |
| | para señales, que en esto |
| | se suele acreditar más |
| | el buen gusto del ingenio |
| | que en la observancia del arte. |
| | Y que importa poco pienso, |
| | en cuidando de estas bromas, |
| | descuidarse con los versos. |
| HIDALGO | Éste es autor por mal nombre. |

| MINISTRO | Ya le conozco; lleguemos. |
| DESENGAÑO | Deténgase. Â¿Quién sois vos? |
| VEJETE | Yo, señor, un pobre viejo |

que de casa de un amigo

con mi farolillo vuelvo

a la mía, sin jugar,

como de costumbre tengo,

una cascarela.

DESENGAÑO          Pase;

y este amigo vaya luego

al Hospital de la Moda.

POETA          Â¿Por qué?

DESENGAÑO          Porque habéis hecho

una *pieza* y *producción*

para el teatro, en que espero

ver, si hay algo bueno, hurtado,

y cuando haya malo, vuestro.

POETA          Ésta es tropelía.

ELLOS          Â¡Venga! **(Llévanle).**

VEJETE          Pues          estoy          libre,

escapemos. **(Vase).**

HIDALGO          Con efecto, los modistas

como moscas van cayendo.

**Sale el** PETIMETRE **con la** PETIMETRA **y la** DENGOSA**.**

DENGOSA          Ande usté aprisa, don Jorge,

que se me van comprimiendo,

con el histérico, todas

las ternillitas del pecho.

PETIMETRA          Y yo me voy sofocando;

ya se ve, como que llevo:

lo primero, la mantilla,

capotón de terciopelo,

|               |                                        |
|---------------|----------------------------------------|
|               | el dominó, manteleta                   |
|               | y la casaca, que cierto,               |
|               | como es de rizo, acalora.              |
| PETIMETRE     | Â¿Y qué lleváis en el cuello?          |
| DESENGAÑO     | **(Aparte).** Su corbata de marlí      |
|               | para introducir el fresco.             |
| PETIMETRA     | Nada más que paletina.                 |
| PETIMETRE     | Que es poco abrigo contemplo.          |
| PETIMETRA     | Es de moda y es de abrigo,             |
|               | Â¿no veis que es color de fuego?       |
| DESENGAÑO     | **(Aparte).** Ya sabemos que el color  |
|               | también abriga. Â¡Esto es bueno!       |
| PETIMETRE     | Y para qué es tanta ropa?              |
| PETIMETRA     | Pues Â¿por qué he de ser yo menos      |
|               | que las demás que lo llevan?           |
|               | Aunque volviera de recio              |
|               | el calor, hasta la Pascua              |
|               | es preciso todo esto.                  |
| PETIMETRE     | Yo sólo mi cabriolé;                   |
|               | que, aunque cuando llueve recio        |
|               | se suele calar, es moda                |
|               | y parece que hasta el tiempo           |
|               | respeta a los petimetres.              |
| DESENGAÑO     | ¡Brava gente de respeto!               |
| DENGOSA       | ¡Ay, que me ahogo!                     |
| PETIMETRE     | Ese es flato.                          |
| DENGOSA       | No sea usted majadero,                 |
|               | que ese es término ordinario.          |
|               | Lo que es el flato en los viejos       |
|               | es histérico en las damas.             |
| DESENGAÑO     | Y en las petimetras creo               |
|               | son histéricos los males               |
|               | luteranos, flatulentos,                |

|               | vaporosos y ficticios. |
| PETIMETRE | ¿Habéis hecho algún exceso? |
| DENGOSA | Cinco tazas de café, |
|               | porque aunque con él me quemo, |
|               | ¿qué dama hay que no le tome? |
|               | Y a la hora del refresco, |
|               | unos diez vasos de helados, |
|               | porque estaban tan perfectos |
|               | que, a no ser por mi salud, |
|               | me hubiera tomado ciento. |
| PETIMETRE | Eso es todo golosina. |
|               | Yo jamás tomo puchero |
|               | a la española, sino |
|               | *fricandó,* tal cual relleno, |
|               | *fricasé,* cremas, compotas |
|               | y licores extranjeros. |
| DESENGAÑO | Al hospital, que le ayuden |
|               | a digerir. |
| LOS TRES | Â¿Cómo es esto? |
| MINISTRO 2.º | Esto, andando y para qué |
|               | allá os lo dirán luego. **(Llévanlos).** |

**Sale la** PRESUMIDA **con el** SASTRE

| PRESUMIDA | Gracias a Dios que he encontrado |
|               | un sastre de entendimiento. |
| HIDALGO | La memoria y la conciencia |
|               | suele ser lo escaso en ellos. |
| PRESUMIDA | Ya sabéis que ahora se estila |
|               | talle largo. |
| SASTRE | Ya lo *sepo.* |
| PRESUMIDA | Y largo... largo; pues yo, |
|               | aunque de gorda reviento, |
|               | conozco algunas que damas |

|              | parecen vestidas, y esto |
| --- | --- |
|              | lo hace el sastre. |
| SASTRE       | ¡El sastre, el sastre...! |
|              | E también *lo fa* el dinero. |
| PRESUMIDA    | Pues hacedme una cotilla |
|              | que me baje siete dedos |
|              | el talle y me lo reduzca |
|              | como a una tercia de grueso. |
| SASTRE       | Antes romperá la tela. |
| PRESUMIDA    | Pues hacédmela de hierro. |
| SASTRE       | *Trovará la tela forte.* |
|              | Mas convengamos el precio: |
|              | si he de hacerla a la francesa, |
|              | seis doblones nada menos, |
|              | o a la española, un doblón. |
| PRESUMIDA    | Vístame yo a lo extranjero |
|              | y más que gaste los ojos. |
| TODOS        | Ya no hay que aguarda¡A |
|              | ellos! (**Llévanlos**). |
| HIDALGO      | Mas que el hospital se llena. |

**Salen el** MAJO **calesero y la** MESONERA

| MAJO         | ¡Afuera, que escupo recio! |
| --- | --- |
| HIDALGO      | ¿Quién va allá? |
| MAJO         | Un hombre de bien: |
|              | Juan Jusepillo, el arriero, |
|              | con su moza, su guitarra, |
|              | su espada, su contoneo, |
|              | su coletilla, su cinto, |
|              | su capita, su sombrero, |
|              | su cofia y su pañolete. |
|              | ¿Qué se ofrece, caballeros? |
| DESENGAÑO    | ¿Y sabéis cantar? |

MAJO                                    Un poco.
DESENGAÑO ¿Y qué cosa?
MAJO                               Yo no entiendo
de *resucitados,* arias,
cavatinas, ritornelos,
ni drogas; soy del Barquillo,
adonde sólo sabemos
seguidillas y tonadas
con que los machos arreo.
HIDALGO ¿Y esta niña?
MAJO                              Esta las canta
de forma que es un portento.
Cántales una, de modo
que todos se caigan muertos.
DESENGAÑO Pues aguarde usté un poquito
y cante, que luego vuelvo.
MAJO ¿Eh? No lo digo por tanto.
DESENGAÑO Es que yo me voy por menos.
MESONERA Pues si ha de ser, sólo pido
tres minutos de silencio.

**(Seguidillas de guitarra).**
HIDALGO Amigos, éstos han hablado
en su lengua: irán exentos.


**Salen el** PELUQUERO **y la** MODISTA**.**


DESENGAÑO Reconozcamos estotros.
HIDALGO ¿Qué gente va?
PELUQUERO                         Un peluquero
que peina de todas modas,
corta con primor el pelo
y tiene mano ligera.
DESENGAÑO Vaya al hospital ligero.
MODISTA ¿Mi marido al hospital?

HIDALGO        Y quizá iréis vos. Â¿Qué es eso
               que lleváis en esta caja?
MODISTA        Herraduras para el cuello,
               respetuosas, cabriolés,
               caídas, pulseras, pañuelos
               de marlí...
DESENGAÑO              Este Merlín tiene
               encantado al universo.
HIDALGO        Sin detención, alguaciles. **(Llévanlos).**
MAJO           ¿Y por qué los llevan presos?
DESENGAÑO      No van a la cárcel, van
               a un hospital que ahora hay nuevo
               para los modistas.
MAJO                        Grande
               será, si han de caber dentro
               tantos como son; y a mí
               me parece muy bien hecho.
               ¿Y adónde está ese hospital?
HIDALGO        Seguidlos si queréis verlo
               y vamos a visitarlos.
               Ah, doctor! Dios os dé acierto.
DESENGAÑO      Para éstos la mejor cura
               era a cada uno meterlo
               en la jaula, desterrarlo
               cincuenta leguas del reino,
               pues del francés están
               corruptos hasta los sesos,
               sujetarlos a la monta,
               que es universal remedio.
MAJO           En fin, vamos allá todos.
TODOS          A ver en qué pára el cuento. **(Vanse).**

**Descúbrense, levantándose la fachada, todos los que han entrado, llorando unos y forcejeando por salir otros, con algunos que estarán de practicantes.**

A CUATRO     «Pues de la moda el daño
           universal se ha hecho
           generalmente, dame
           la razón por remedio.
           Remedio, remedio,...Â»

**Salen el DESENGAÑO, el HIDALGO, el MAJO, la MESONERA y los demás.**

HIDALGO     ¿Cómo os va con esta gente,
           practicante?
PRACTICANTE 1.º     Hay entre ellos
           algunos que, convencidos,
           logran arrepentimiento
           y quieren convalecencia,
           pero otros están protervos.
DESENGAÑO    Vayan llegando.
PRACTICANTE 1.º     Estos dos
           son, señor, de los primeros.
CRÍTICA      Nosotros, del galicismo
           siempre estudiando conceptos,
           olvidamos nuestro idioma.
DESENGAÑO    Dénseles baños a éstos
           en las fuentes castellanas,
           para que adviertan los necios
           que adonde sobra agua dulce
           de la salobre bebieron.
CRÍTICO      Yo, señor, soy petimetre;
           tuve el mal en el cerebro,
           por lo que tiraba el rizo.

DESENGAÑO       A éste le corten el pelo
                a navaja, porque así
                se vea libre de *yerros,*
                y encájenle hasta la frente
                un gran gorro ceniciento.
BARBERO         Y yo Â¿por qué estoy aquí?
HIDALGO         Porque os andáis con el tiempo
                cantando tonadillicas.
DESENGAÑO       Está curado en sabiendo
                que sólo debe cantar
                folías, pues es barbero,
                como su abuelo cantaba;
                que el olvidar los abuelos
                y entrar en las modas es
                la perdición de los pueblos.
                Y mando que la modista
                venda todos sus enredos
                por libras.
MODISTA                   Â¿A cien doblones?
DESENGAÑO       A cinco cuartos y medio,
                porque valiendo once cuartos
                una libra de carnero,
                es mengua dar por una onza
                de marlí catorce pesos.
MODISTA         ¿Y las felpas que se gastan?
DESENGAÑO       Que se las paguen aquellos
                que las compran.
SASTRE            Yo me marcho.
                que tengo cinco mancebos
                trabajando.
PELUQUERO       Y yo contigo,
                que mil parroquianos tengo
                que peinar.
DESENGAÑO       Lleven de vista

un alguacil y, en queriendo
el sastre hechuras de moda
para hurtar con mal pretexto,
pierda el trabajo; y a este
Diocleciano peluquero
que le peinen a la moda
una vez, verá el tormento
que da a los demás después
de quitarles el dinero.

POETA  Usted no es juez, señor mío,
para meterse a maestro
de costumbres.

DESENGAÑO  Seor autor
de *piezas* para el recreo,
diez años vaya a la escuela
y póngase a escribir luego.

LOS QUE FALTAN
HABLAR  A los maestros del mundo

¡zurra, zurra! ¡A ellos, a ellos!

HIDALGO  Amigo, no decíais mal
que no había para éstos
más remedio que una jaula,
un látigo y un destierro;
mas, supuesto que nosotros
contra tantos no podemos,
echémoslos con la trampa,

DESENGAÑO  Ellos se irán, que, en oyendo
verdad, la gente de moda
al instante tuerce el cuerpo.

MAJO  Dejarlos, que harto trabajo
tienen con sus devaneos;
y pues les ha dado pesar
el ver frustrado su intento,
con una nueva tonada

|            | los dos les divertiremos. |
| HIDALGO    | Acoto, y así pudiera |
|            | yo enmendar estos defectos. |
| TODOS      | Como el prudente auditorio |
|            | puede perdonar los nuestros. |